LE
XXIV FÉVRIER

ET L'OUVRAGE DE M. CAPEFIGUE

AVEC UN MOT

SUR L'HISTOIRE DE LA RÉVOLUTION DE 1848

DE M. A. DE LAMARTINE

PAR

Élie DeCazes

ANCIEN SOUS-PRÉFET, CHEVALIER DE L'ORDRE ROYAL DE DANNEBROG

(JUILLET 1849)

PARIS
COMPTOIR DES IMPRIMEURS-UNIS
COMON ET Cᶦᵉ, QUAI MALAQUAIS, 15.

TOULOUSE
LIBRAIRIE L. JOUGLA
RUE SAINT-ROME, 46.

MDCCCXLIX.

LE
XXIV FÉVRIER

ET L'OUVRAGE DE M. CAPEFIGUE

AVEC UN MOT

SUR L'HISTOIRE DE LA RÉVOLUTION DE 1848

DE M. A. DE LAMARTINE

PAR

ÉLIE DeCazes

ANCIEN SOUS-PRÉFET , CHEVALIER DE L'ORDRE ROYAL DE DANNEBROG

(JUILLET 1849)

PARIS

COMPTOIR DES IMPRIMEURS-UNIS

COMON ET Cie, QUAI MALAQUAIS, 15.

—

TOULOUSE

LIBRAIRIE L. JOUGLA

RUE SAINT-ROME, 46.

—

MDCCCXLIX.

IMPRIMÉ PAR BONNAL ET GIBRAC,
RUE SAINT-ROME, 46.

Je n'ai pas eu la prétention de discuter en si
peu de mots la Révolution du 24 Février, pas plus
dans ses conséquences que dans les événements
qui ont pu l'amener. La plume la plus exercée de
l'écrivain le plus impartial, aura de la peine à suffire, de longtemps, à une œuvre aussi complète ;

d'ici là, bien des opinions seront mises en avant;
on a déjà beaucoup écrit, on écrira beaucoup encore ; ce seront des documents que l'histoire étu-
diera, plus tard, avec tout le calme qu'on ne peut
encore avoir aujourd'hui.

Je veux moins encore, peut-être, entreprendre
de réfuter tout un ouvrage; M. Alexis de Saint-
Priest a dit à cet égard tout ce qu'il y avait à dire.

J'ai cru ne faire que mon devoir en déposant
ici le faible tribut d'un inaltérable dévoûment et
de ma reconnaissance profonde, pour les bontés
dont j'ai été si souvent honoré.

Je dis ce que je sais, ce que j'ai vu.

Ceci n'est qu'un élan du cœur.

LE 24 FÉVRIER

L'OUVRAGE DE M. CAPEFIGUE[1].

Je prie M. Alexis de Saint-Priest de ne pas juger trop sévèrement la prétention que semble afficher ce titre. Après ce qu'il a écrit dans la *Revue des Deux Mondes*[2], je sais qu'il reste bien peu de cho-

[1] La société et les gouvernements de l'Europe depuis la révolution de Février jusqu'à la présidence de M. Louis-Napoléon Bonaparte.

[2] Livraison du 1.er juin 1849.

ses à dire; sa chaleureuse protestation n'a certes
pas besoin de l'appui que pourraient lui apporter
quelques faits nouveaux; mais je n'ai pas su résister au désir de m'y associer, dans la mesure du
faible concours dont je suis capable.

Et d'abord, avec M. le comte de Saint-Priest,
en prenant ma part de toutes les réflexions si gra-
ves, si pleines de justesse que lui inspire notre
situation, je dirai que ces quelques lignes n'ont
rien de politique. Les faits ne sont plus, ils ont
disparu avant que la Providence ne leur eût donné
la sanction du temps, de l'expérience, et de la
transmission, qui pouvaient confirmer dans leurs
convictions ceux qui, de bonne foi, consciencieux
dans leur illusion, voyaient là l'aurore d'un prin-
cipe rajeuni, fort contre l'anarchie, garant de nos
libertés publiques; il n'en reste, à mon point de
vue, que des souvenirs de respect, de reconnaissance, d'affection et de dévoûment personnel; les

principes seuls vrais et entiers restent debout
pour se fortifier, pour s'épurer à chaque nouvelle
épreuve.

J'ai voulu essayer de répondre à un livre qui ne
peut être que l'œuvre exclusive de celui qui en
a pris la lourde responsabilité. Les légitimistes ont
appris, dans leur long dévouement, à respecter
l'exil et le malheur, même chez ceux qu'une con-
viction profonde leur faisait un devoir de combattre : « Le malheur est sacré, et l'inviolabilité qu'il
donne est plus respectable à nos yeux que celle
de la puissance[1]. » Un grand parti s'honore en
rendant hommage à toutes les vertus ; il sait qu'il
ne peut qu'y gagner en force et en considération.

M. de Saint-Priest a détruit, par sa logique
inexorable, toutes les allégations de M. Capefigue,

______

[1] Alfred Nettement.

qui paraît s'être préoccupé bien peu de l'authenticité des documents qui ont servi de base à ses appréciations. Plus soucieux du vrai, il eût été mieux éclairé, et se serait épargné d'injustes attaques contre une noble femme que ses malheurs et son courage auraient dû faire respecter : Madame la Duchesse d'Orléans méritait plus d'impartialité. Ce que la France connaît de sa conduite parlait trop haut pour un esprit prévenu ; il a fallu faire retomber sur elle une large part de responsabilité dans les événements qui avaient amené cette douloureuse régence de quelques heures.

J'ai eu le triste honneur d'assister de très près (de trop près, puisque, comme tant d'autres, j'étais condamné à des vœux impuissants, à un dévouement stérile); j'ai eu, dis-je, l'honneur d'assister à quelques-uns des derniers actes de la Monarchie de Juillet; je devrais dire plutôt à quelques-unes de ces scènes déchirantes que M. Capefigue raconte

avec une sécheresse qui prouve, à ceux qui pourraient l'ignorer, qu'il n'était pas là ; qu'il n'a pas
vu la veuve de M. le Duc d'Orléans lutter avec cette
énergie, ce courage, ce calme dont on ne trouve la
force que dans la conscience la plus pure ; il n'a
pas vu cette pauvre mère luttant, avec une volonté et un dévouement que rien ne pouvait ébranler, contre les conseils les plus contradictoires ; il
ne l'a pas vue, seule, debout, lorsque tout croulait
autour d'elle, voulant espérer encore et se dévouer
toujours, lorsque chacun désespérait, s'abandonnait et doutait de son pays.

Un jour, peut-être, M. Capefigue aura l'honneur
de connaître madame la Duchesse d'Orléans ; alors,
elle sera assez vengée par les regrets d'un écrivain
qui doit vouloir être consciencieux ; d'un auteur
trop fécond pour n'être pas quelquefois enivré de
sa plume. C'est la seule vengeance digne de cette
noble princesse que nous aimons tant, nous tous

qui avons été assez heureux pour être admis auprès d'elle ; nous, qui, ne pouvant plus rien pour
sa fortune, avons voulu du moins essayer de lui
faire un rempart de notre corps, pour éviter un
crime dont un malheureux égaré n'aurait pas porté
seul la honte et la responsabilité.

J'ai lieu de penser que M. Alexis de Saint-Priest
n'a pas été complètement bien informé sur l'acci-
dent qui serait arrivé *à un piqueur* à la grille des
Tuileries, presque sous les yeux de Madame la
Duchesse d'Orléans. Ce qui me le fait supposer,
c'est qu'à la même heure, au même moment, un
lieutenant d'artillerie, M. de T. L., en congé à Paris,
personnellement dévoué au général de La Moricière, dont il avait voulu partager les dangers,
emporté par son cheval, rendu furieux par deux
coups de baïonnette, un bras cassé par une balle,
venait se briser contre la grille des Tuileries. Il
était poursuivi par les insurgés, et on l'aurait in-

failliblement égorgé, s'il n'eût été reconnu par un de ses parents, **M. P.**, officier d'ordonnance du Roi, qui prit les clés des mains d'un garde, et, au risque d'être victime de son dévoûment, fit entrer le malheureux jeune homme dans la cour. Quelques coups de feu, tirés en l'air sous le guichet du Carrousel, les sauvèrent tous deux. Ceux des assaillants qui se trouvaient encore sur les quais, crurent que le Carrousel était défendu. Les cris : « *l'artillerie ! l'artillerie !* » amenèrent un sauve-qui-peut général, qui fit évacuer la place, entraînant par la puissance de l'exemple ceux qui l'occupaient déjà.

J'étais alors sur le pont des Saints-Pères, avec un de mes très-proches parents, **M. de C.**; nous venions de l'état-major, où nous avions accompagné le général Sébastiani ; nous l'avions trouvé quittant seul la place de l'Hôtel-de-Ville, qui venait d'être envahie par les faubourgs armés. Attiré par le bruit de la fusillade du Château - d'Eau, je cherchais mon frère, dont j'avais perdu les traces au milieu des marches et contre-marches de son régiment. Quelques gardes nationaux à cheval, sortant des Tuileries, nous annonçaient bien, il est vrai, l'abdication et la régence; mais je ne croyais pas que tout fût encore perdu; je ne croyais pas que l'heure des dévouements isolés eût sonné déjà et si vite.

La place du Carrousel était déserte lorsque je la traversai; mais à peine arrivé dans la rue de Chartres, j'avançais, la tête basse et à demi tournée, comme on va contre le vent, gêné par le bruit des balles qui sifflaient autour de moi. Dans un de ces mouvements instinctifs, je vis que la place était envahie de nouveau. Je courus aux Tuileries, où je pus entrer par la rue de Rivoli. Il n'y avait plus personne au pavillon Marsan; sous le pavillon de l'Horloge, je trouvai M. le Duc de Nemours, entouré de quelques officiers. Il monta à cheval, partit au trot ; je suivis à pied, et nous arrivâmes bientôt à la grille de la place de la Concorde, où madame la Duchesse d'Orléans attendait avec ses enfants depuis quelques instants à peine.

Elle voulait montrer au peuple le jeune Roi ; elle attendait tout de ce sentiment éminemment français, de ce sentiment qui fait que, venant de s'attaquer aux forts, le peuple sympathise si vite avec les faibles, admire leur courage, et se range autour d'eux pour les protéger. Elle oubliait de compter avec l'ivresse et le délire. Monsieur le duc de Nemours s'empressa d'envoyer chercher une voiture découverte au ministère de la marine.

Mais le temps pressait, les événements se précipitaient, et la voiture n'arrivait pas. Madame la Duchesse d'Orléans prit le bras de son frère et se dirigea vers la Chambre ; ses enfants étaient auprès d'elle. Le Comte de Paris donnait la main à une personne de sa maison, que je ne connais pas, et je me souviens que nous eûmes tous en même temps la pensée de le prendre dans nos bras pour le montrer à la foule : la personne qui l'accompagnait se réserva cet honneur, et le prince fut accueilli par les cris de : Vive le Comte de Paris ! Vive la Duchesse d'Orléans.

Nous nous pressions tous autour des princes. Je les suivais, donnant le bras à Madame la marquise de Vins, qui un instant après eut à sa droite Monsieur le baron de Prejan, je crois. Nous marchions lentement, entre les rangs d'un piquet de gardes nationaux de la deuxième légion, au milieu des flots serrés de cette foule, qui ne donnait que des témoignages de la plus vive sympathie.

A la grille de la Chambre des Députés, le tumulte commença. Madame de Vins faillit échap-

per de mon bras et être renversée ; elle avait
quitté le lit pour suivre la princesse, et, déjà ma-
lade, elle ne pouvait plus dominer la fatigue et
l'émotion de cette fatale journée.

Y a-t-il encore place pour un blâme quelconque
dans la conduite de madame la Duchesse d'Orléans,
et comment concilier ses hésitations si vraies, où
on la retrouve toute entière, où l'on retrouve dans
le calme de son âme toute sa prudence et sa haute
raison, où son instinct de mère lutte contre son
téméraire courage ; comment les concilier avec un
parti pris de longue main ; comment les expli-
quer, en présence d'événements dont elle aurait
attendu une solution depuis si longtemps désirée ?
Madame la Duchesse d'Orléans aurait tout mené, se
serait entendue avec la gauche, avec tout le monde,
et le moment le plus critique, le plus décisif, ar-
rive sans qu'elle l'ait prévu ; et elle n'a pas d'a-
vance su décider avec ses conseillers intimes s'il

2

fallait, le cas échéant, aller trouver à la chambre ses amis si nombreux pour les aider de sa présence, ou s'il valait mieux aller seule, sans autre escorte que des amis dévoués, mais en bien petit nombre, s'exposer sur les boulevards à être méconnue, outragée, assassinée peut-être ! En vérité, c'est étrangement méconnaître la haute intelligence, l'esprit, le caractère et le cœur de madame la Duchesse d'Orléans ; c'est vouloir allier à une ambition bien inflexible bien peu de décision et de prévoyance.

Et qui pourrait dire que ces hésitations étaient le résultat du trouble, que de si terribles événements auraient jeté dans l'âme de madame la Duchesse d'Orléans ; qui donc pourrait le dire, après avoir vu le calme si dévoué, si ferme, si courageux, dont elle a fait preuve pendant toute cette cruelle séance de la Chambre des Députés ; qui donc a pu la voir alors sans l'admirer ?

Le premier mouvement de la princesse avait donc été de courir au danger, et son noble courage l'avait poussée à la résolution la plus périlleuse. Ce sacrifice inutile, la Providence ne l'a pas permis; madame la Duchesse d'Orléans est allée à la Chambre, où devait être si souvent et si cruellement mis à l'épreuve ce dévouement, comme les mères seules savent en trouver dans leur cœur. On osa lui proposer de quitter la salle en y laissant son fils; j'étais derrière M. le Comte de Paris, au pied de la tribune; le général Oudinot parlait de protéger la sortie de la princesse. Elle était debout, discutant vivement avec M. le Duc de Nemours et quelques députés; elle se retourna, en disant, avec toute l'énergie d'une volonté qui ne devait plier que devant la violence : « Je veux rester. » Sans quitter le poste que je m'étais assigné, je transmis au général cette détermination : il appela alors la Chambre à tout son courage, pour faire respecter son enceinte, qui menaçait d'être

complètement envahie: « ..... Et si elle veut rester,
que notre respect la protège..... »

La Duchesse d'Orléans ne se retira que lorsque
M. de Lamartine eut terminé cette longue série
de phrases sonores, dont le début avait tant fait
espérer (*), et que faillit interrompre la balle peu in-
telligente d'un insurgé; du haut d'une tribune, il
abaissait son arme vers l'homme qui lui paraissait le plus en évidence, aussi embarrassé que
nous l'avions été d'abord pour reconnaître en lui
un ami ou un ennemi. La confusion était à son
comble; le président avait abandonné son fauteuil;
une seconde invasion d'hommes armés chassait
les députés de la salle de leurs séances, lorsque la
princesse dut céder à la force. Elle fut enveloppée,
entraînée par la foule qui reculait devant les baïon-
nettes de l'insurrection.

M. le Duc de Nemours a eu aussi sa part d'in-

justices à subir dans ce qui s'est dit et écrit depuis
la révolution de février. Je l'ai vu, au moment de
quitter les Tuileries, lorsqu'il était encore au pavillon de l'Horloge, donner des ordres avec un
calme que bien peu de personnes avaient su con-
server. Le prince était déjà à cheval; un officier,
à qui il paraissait donner des instructions, dut lui
faire une observation bien désespérante. M. le Duc
de Nemours y répondit en fronçant le sourcil et
poussant son cheval : « C'est donc une déroute ! »

Si plus tard, lorsque tout était perdu, lorsque
nous étions dispersés dans les couloirs de la Chambre, son sang-froid l'a un instant abandonné, c'est
qu'il avait été séparé du fils de son frère. Il refu-
sait obstinément de se laisser entraîner hors de
la salle des Pas-Perdus: « Je veux, je dois rester, » disait-il à ceux qui cherchaient à lui faire
violence, dans l'intérêt de son salut; « le Comte de
Paris est retenu dans la salle ; ma place est auprès
de lui ; mon devoir est de mourir avec lui. »

Je rentrai précipitamment, effrayé de la pensée que les craintes du prince pouvaient se réaliser. Le Comte de Paris n'était pas dans la Chambre, et à peine avais-je rassuré M. le duc de Nemours, le jeune prince entra dans la salle des Pas-Perdus, que la foule avait envahie, mais qu'elle ne faisait que traverser en courant. La même personne, vêtue de noir, qui avait porté le prince dans le trajet des Tuileries à la Chambre, le cachait dans ses bras. Je courus à lui ; il nous fallut briser une fenêtre, et nous pûmes parvenir ainsi aux constructions de l'hôtel de la Présidence, donnant sur la rue de l'Université.

Nous laissâmes le Comte de Paris aux mains de celui qui ne l'avait jamais quitté, après l'avoir aidé à entrer par une fenêtre basse, et j'invitai quelques gardes nationaux, dont le dévouement ou la sympathie avait voulu protéger cette fuite, à suivre mon exemple et à se disperser, pour qu'on ne pût pas suivre les traces du prince.

J'allai de là à la Chambre des Pairs. On n'y savait rien de formel sur ce qui se passait à la Chambre des Députés ; on y attendait encore madame la Duchesse d'Orléans. Les Pairs de France étaient réunis dans la bibliothèque ; monsieur le Chancelier voulut bien me permettre de leur faire connaître, dans tous leurs tristes détails, les événements qui venaient de changer les destinées de la France.

Dieu veuille que son avenir politique et social n'en soit pas ébranlé. Élevons à lui nos âmes, et demandons-lui de profiter des enseignements profonds qu'il nous envoie, pour nous rappeler sa toute puissance et le néant des choses humaines. Il n'abandonnera pas un grand et noble pays; il permettra qu'il s'arrête sur la pente terrible des révolutions ; mais il a dit : « Aide-toi, le ciel t'aidera ! » Que la France très-chrétienne ne devienne pas fataliste; elle a plus que jamais besoin de toutes ses croyances, de toute son action, du faisceau de toutes ses forces, pour résister au torrent qui menace de tout engloutir.

Qu'elle cherche sa force dans les grands et vrais principes d'*ordre*, de *pouvoir* et de *famille*, dont on ne saurait impunément méconnaître l'union si étroite, que l'habileté des hommes d'État les plus éminents, des politiques les plus profonds ne saurait remplacer.

Nous en faut-il de nouvelles preuves?

Sûrs de notre avenir, forts de l'accomplissement d'une grande mission, modérés et conciliants, nous aurons reconquis toutes ces libertés, dont nous sommes si jaloux, et qu'on nous appellerait à sacrifier une à une, alors que nous vivons au jour le jour, sous un régime de doutes et de luttes.

(*)

Nous avions déjà livré à l'impression les quelques lignes qui précèdent, lorsqu'a paru l'ouvrage de M. de Lamartine : M. le marquis de Mornay a bien raison de dire qu'il donne à l'histoire tout l'attrait du roman, et au *roman l'apparence de l'histoire.*

Nous avons dit comment quelques coups de feu tirés en l'air sous le guichet du Louvre, en tête du pont des Saints-Pères, répétés par les échos de la voûte, avaient fait croire aux insurgés que l'entrée du Carrousel leur était disputée ; nous avons dit comment cette nuée de vaillants conquérants des libertés du monde avaient su résister aux satellites de la tyrannie, comment ils avaient enlevé cette batterie imaginaire qui les avait tant émus. Cette erreur du désordre et de la peur passera à la postérité avec M. de Lamartine, car nous avons la voix trop faible pour avoir la prétention de l'y suivre ; mais, du moins, nous aurons fait notre devoir ; et ceux de nos contemporains qui nous feront l'honneur de nous lire, sauront à quoi s'en tenir, et nous aurons acquis le droit de leur dire : *ab uno disce omnes.*

L'artillerie déjà engagée sous le guichet des Tuileries, se disposait à gagner tristement ses cantonnements, en longeant les quais, lorsque la colonne d'émeute, venant de l'Hôtel-de-Ville, arriva, poussant devant elle des régiments entiers, qu'un ordre fatal avait désarmés. Il est donc matériellement impossible qu'en opérant cette retraite, au milieu d'un pêle-mêle de troupes, elle tirât *sur le peuple débouchant du quai sur le Carrousel*, et nous n'hésiterions pas à le dire, alors même que nous ne serions pas sûr de ce que nous avons vu, fort du témoignage des officiers de tout un régiment, les *trois coups de canon* n'ont retenti que dans l'imagination de **M.** de Lamartine. Avant de donner un caractère historique à un fait de cette nature, nous aurions cru convenable de prendre des précautions exceptionnelles, pour s'assurer de la réalité; l'invraisemblance seule eût dû suffire à en donner la pensée. Il fallait, en tout cas, un motif grave qui méritait d'être recherché, pour que l'artillerie en retraite tirât sur le peuple, lorsque depuis plus d'une heure on avait donné partout

l'ordre de cesser le feu, et que c'était comme con-
séquence de cet ordre que cette retraite s'effectuait;
il y avait là, pour un historien consciencieux, ample
matière à vérification. Mais dans ce cas comme
dans bien d'autres, M. de Lamartine n'y regarde
pas de si près; et *l'Histoire de la révolution de 1848*
est bien la suite des *Girondins*.

Elle nous paraît écrite sous l'impression de tant
d'illusions, que nous ne savons pas la comprendre;
elle semble datée de l'Hôtel-de-Ville, et nous ne
pouvons pas nous empêcher de dire : qu'il y a loin
de là, de cette acclamation d'une république an-
ticipée, dans un bureau de la Chambre, à ce fa-
meux discours sur la présidence ! «... Et si la France
« ne veut pas de la République ?.... *alea jacta est.* »
Oui, le sort en est jeté, et nous avions presque ou-
blié une partie du rôle que M. de Lamartine a joué
dans ce grand drame, lorsqu'il est venu nous rappeler ou nous apprendre que c'est lui qui nous a

lancés, toutes voiles dehors, sur cette mer orageuse du destin révolutionnaire.

Aussi ne nous étonnerons-nous pas de ses complaisances fraternelles pour l'émeute qui ensanglanta Paris, les 23 et 24 février, et fonda la république dans le sang de braves soldats réduits à se défendre, pour ne pas se laisser arracher l'honneur avec la vie. M. de Lamartine trouve un prétexte inconnu à tout ce qu'il ne peut glorifier, et s'il le faut, il sait habilement jeter à propos le voile de l'oubli. Il veut laver le sang aux mains des assassins du Château-d'Eau, comme il a essayé d'éponger celui des pourvoyeurs de l'échafaud de 93. Mais le sang chaud se dissimule mal; il aurait dû songer que la mère du malheureux Peres porte encore, peut-être, le voile de deuil.

Non, M. de Lamartine, *un bataillon d'infanterie* n'a pas *évacué* le Palais-Royal pour *se retirer dans le poste du Château-d'Eau*; si décimé qu'il fût, il vous eût été facile de savoir qu'il n'y pouvait trouver, même un instant, un abri pour tous ses hommes. Non, mais vers les 10 heures, la garde municipale évacua le poste et fut relevée par les deuxième et troisième compagnies du 1er bataillon du 14e de ligne, commandées par le lieutenant Peres et le sous-lieutenant Audouy, et *une capitulation* ne *les a pas bientôt après laissé sortir.* Non, car c'est en vain que le brave général de La Moricière vint se jeter au milieu des combattants pour arrêter la lutte : son cheval tué, blessé aux deux bras, il tomba, lui aussi, sous le feu de ces intrépides qui venaient par milliers se ruer sur une poignée de braves, et c'est par un miracle de Dieu qu'il fut sauvé. Non, ils n'ont pas capitulé, ceux que son généreux dévouement a été impuissant à protéger.

Dignes de leur général, ils se sont défendus jusqu'au dernier souffle; étouffés par l'incendie qu'on

avait eu l'infamie d'allumer autour d'eux , ils ont
brûlé jusqu'à leur dernière cartouche , et lorsque
les cartouches leur ont manqué, c'est à la pointe
de la baïonnette qu'ils ont reçu ceux qui lançaient
sur eux de la paille où l'huile alimentait le feu,
ceux qui depuis une heure les assassinaient de
derrière leurs barricades. Et lorsque de rares soldats ont été arrachés à une mort certaine par quelques généreux citoyens, leurs officiers criblés de
blessures étaient tombés parmi les morts.

M. Audouy porté à l'hôpital de la Charité par
un ancien sous-officier, fut immédiatement amputé
au bras droit.

Déjà blessé d'un coup de sabre, alors qu'il cher-
chait, non pas à parlementer avec l'émeute, mais
à la calmer, son lieutenant M. Peres était tombé
frappé de trois balles à la première décharge, seule
réponse à ses nobles paroles de conciliation. Ses

soldats l'avaient porté sur un lit de camp ; cinq balles qui vinrent encore l'y atteindre, tirées des croisées voisines , alors que la toiture du poste avait été dévorée par l'incendie , l'y avaient cloué sans mouvement. C'est là que ses lâches meurtriers vinrent l'insulter : voyons s'il est bien mort, dit l'un, et une balle le frappe à la tête ; il reçoit encore trois coups de sabre, et un coup de baïonnette lui perce la main droite ; mais ce n'est pas assez pour ces hommes de sang, un autre plus ignoble encore, lui fait au front une glorieuse marque , d'un coup de talon au-dessus de l'œil droit. Est-ce assez d'infamie ? non ! on veut encore exploiter ce qu'il reste de vie dans ce corps déchiré, et ceux qui le transportent à l'hôpital en criant « chapeau bas devant les blessés, » le fouillent pour lui voler 35 francs.

Voilà les hommes qui une heure avant fendaient la tête du sergent Boutin , d'un coup de sabre donné par derrière, pendant que deux gardes nationaux cherchaient à sauver, en l'emportant, ce sous-officier blessé et désarmé ; ces hommes à qui la garde nationale épargna un crime de plus en arrachant de leurs mains le soldat Bouteiller qu'ils avaient lié sur une table par les quatre membres, pour l'égorger plus à l'aise. Voilà ceux dont vous avez accepté le concours, ne fût-ce que par votre silence, pour la fondation de la République.

Honte à eux !

Honneur aux braves du 14ᵉ de ligne ! Gloire à ceux qui sont morts pour le drapeau dont la défense vous fit si grand, M. de Lamartine !

Et pas un mot ne vous est venu de l'âme pour leur mort héroïque ! Vous leur refusez jusqu'à la croix de bois qui eût marqué leur tombe au village ; vous oubliez ces nobles victimes dont les 84 noms devraient être inscrits en lettres d'or au Panthéon de l'ordre et de l'honneur.

Voilà les *quelques blessés .incapables de mouvement* qui *expiraient, dit-on, dans les flammes.*

M. de Lamartine serait dans son rôle, s'il se bornait à se complaire dans son œuvre, et nous ne lui reprochons pas ce long éloge en deux volumes, de tous les hommes du 24 Février; ils avaient trop grand besoin de cette éloquente défense; mais nous espérions trouver esclave de la vérité dans le récit des événements, l'homme d'État qui pousse si loin l'idolâtrie des faits accomplis. Nous cherchions de l'histoire, nous n'avons su trouver qu'un poème en l'honneur de la révolution. Et nous avons beau faire, nous avons beau torturer notre esprit, à la recherche des éléments de l'édifice croulé de cette immense popularité, dont le souvenir suffira pour grandir la mémoire de M. de Lamartine, pour

léguer au poète la couronne de chêne du grand
citoyen, notre esprit est rebelle, nos efforts sont
impuissants, et nous ne savons pas nous repentir
de n'avoir pas, en d'autres temps, suivi ce courant magnétique ; et nous ne savons pas trouver
que M. de Lamartine puisse payer trop cher cette
place au premier rang, ce trône populaire, élevé
sur tant de débris. Nous pensons que la France a
le droit d'être sévère, pour celui qui fit d'elle l'en-
jeu de cette loterie dont il voulut diriger la roue.

Au moins, devions-nous nous attendre à re-
trouver la franchise d'un joueur intrépide ; mais
ce reste d'illusion nous échappe encore.

Comment, M. de Lamartine, vous croyez avoir
tout dit, lorsque vous nous apprenez qu'immobile
à votre banc *vous trembliez de parler*, que *la nature* et *le cœur* combattaient chez vous la *politique
et la raison*; mais vous étiez engagé, vous n'aviez

plus de combat à livrer, vous n'aviez plus le droit
de céder *aux nobles tentations de l'homme d'imagination*, vous n'étiez plus libre ; n'aviez-vous pas dé-
claré deux heures avant au conseil de ces répu-
blicains qui *s'étaient donnés authentiquement à vous,
eux et leur parti*, qui vous avaient érigé en arbi-
tre suprême de nos destinées, que vous étiez *plus
républicain qu'eux*; de l'autorité de vos convictions
mûries par *cinq ou six minutes* de réflexion, vous
les aviez poussés à la République, vous ne vouliez
rien faire pour la révolution, mais une fois con-
sommée vous aviez promis de marcher à sa suite.

Vous avez parlé, dans votre discours à la Chambre, d'un gouvernement provisoire *qui ne préjuge
rien* ; que n'aviez-vous le courage de dire toute
votre pensée ; puisque votre parti était irrévocable-
ment pris, qu'il vous fallait la République, qu'at-
tendiez-vous pour faire savoir au pays que vous
ne lui voyiez d'autre port dans le naufrage ; vou-

liez-vous donc, comme d'autres, le prendre par surprise, et sauver la France malgré elle, comme lors de votre alliance avec M. Ledru-Rollin; subissiez-vous déjà les effets anticipés du contact de cet habile faiseur de révolutions, qui nous a si bien développé à Bourges sa théorie de *tour de main*?

Aviez-vous consulté la nation deux heures avant, lorsque vous aviez décidé que la République devait être le gouvernement issu de la lutte? Pourquoi donc parler *d'un gouvernement provisoire qui ne préjuge rien de la nature du gouvernement définitif qu'il plaira à la nation de se donner, quand elle aura été interrogée*?

Vous avez solennellement délibéré le soir, dites-vous, et vous avez proclamé la République pour retenir l'autorité qui allait vous échapper; vous l'avez proclamée sous l'empire de la nécessité, pour en enlever l'initiative aux soldats de l'anarchie qui l'acclamaient de toutes parts autour de vous ; mais ce n'était pas le 24 au soir qu'il fallait délibérer, il fallait le matin prendre plus de *cinq ou six minutes* de réflexion pour sonder la profondeur de l'énigme dont vous alliez imposer la solution à votre pays. Le soir, vous n'aviez plus le droit de réfléchir, votre tête appartenait à la République que vous aviez voulue, dont vous aviez pris dès le matin la terrible responsabilité ; le matin vous étiez libre, le soir votre devoir était devenu facile, il était tout tracé, vous n'aviez plus qu'à *avancer hardiment dans les hasards* du gouvernement que, dans un moment de pleine liberté, il vous avait plu d'infliger à la France.

Votre œuvre vous pesait sans doute, lorsqu'avant de prendre la parole dans cette tumultueuse séance de la chambre, vous étiez assailli de tardives hésitations ; c'était le cri de révolte de votre conscience, car vous n'aviez plus le droit d'hésiter.

De deux choses l'une, ou la révolution était ac-
complie, et vous n'aviez plus qu'à vous ranger
sous son drapeau, ou le Gouvernement de Juillet
était encore debout, soutenu par les faibles mains
d'une veuve, d'une mère, d'un enfant, et alors,....
convaincu que vous n'aviez *qu'à jeter à la tribune
un cri qui était au fond de tous les cœurs,* convaincu
que d'un mot vous pouviez tout apaiser, ce cri
vous l'avez refusé à la France, ce mot vous n'avez
pas voulu nous le dire, et vous croyez n'avoir *rien
fait pour le renversement !*

Allez, vous avez bien fait d'attendre sur votre
banc que l'heure de la République eût sonné, entraînant à sa suite tant de sombres problèmes avec
leurs solutions anarchiques, que vous ne saviez
voir que dans la Régence; vous avez bien fait d'é-
touffer votre *pitié,* une main qu'on tend de si haut
ne saurait apporter ni bonheur, ni avenir, ni honneur.

D'ailleurs, nous avons voulu faire appel à votre logique, et non pas troubler votre conscience. Oh! nous ne sommes pas, nous, de grands et illustres écrivains, nous n'avons ni l'intelligence haute, ni la parole séduisante, la *raison* n'est pas pour nous *le catholicisme éternel*[1], mais nous raisonnons un peu lorsque nous le pouvons, et nous tâchons d'avoir quelquefois ce simple bon sens à la portée du vulgaire. Nous ne pensions pas comme vous, que cette insurrection que vous n'aviez pas voulu arrêter, lorsqu'elle n'était encore qu'une émeute étonnée, se calmât par l'imposition de vos mains toutes puissantes, et si le vague des premières pensées de votre discours, dans cette triste séance du 24 février, nous avait fait espérer en votre concours, nous étions cependant bien loin des illusions dont votre cœur venait de se bercer.

Qui sait si nous n'irions pas jusqu'à croire au-

[1] *Les Confidences*, liv. VI, page 133.

jourd'hui que ces mille pensées ne vinrent pas combattre dans l'ame de M. de Lamartine, peut-être sommes-nous assez prosaïques pour admettre qu'elles ne sont venues que bien longtemps après, pour amener cette invocation puissante qui devait subjuguer la multitude et l'entraîner aux Tuileries à la suite de Madame la Duchesse d'Orléans.

L'imagination d'un grand poète a le secret de tant d'entraînements !

Et puis, nous en convenons humblement, nous l'avons toujours dit, même au plus beau temps de sa grandeur, M. de Lamartine a le courage incontestable des belles paroles, mais il en pousse le culte fort loin. Il croit que bien des moyens sont bons pour arriver lorsque les intentions sont pures ; il ne veut pas prévenir la tempête, il la déchaînerait volontiers, sûr de l'arrêter par un puissant **quos ego**, lorsqu'elle ne serait plus utile à ses desseins, lorsque le calme lui redeviendrait nécessaire. Il lui faut des orages pour commander aux éléments.

M. de Lamartine ne se souvient pas que tout passe, tout s'use, tout s'émousse, tout, jusqu'à cette séduisante et chaleureuse éloquence qui sut un jour sauver la France du symbole de la terreur. Le 15 mai suit de près le 25 février, et la multitude ne veut pas même écouter son orateur favori. *Sic transit gloria mundi.*

Vanité des vanités.....!